바람과 내통하여

소금북 시인선 · 13

바람과 내통하여

ⓒ김영순, 2023. printed in Seoul, Korea

초판 1쇄 인쇄 2023년 08월 25일
초판 1쇄 발행 2023년 08월 30일
지은이 | 김영순
펴낸이 | 박옥실
책임편집 | 임동윤
디자인 | 유재미 정지은

펴낸 곳 | 소금북
등록 | 2015년 03월 23일 제447호
발행 | 강원도 춘천시 행촌로 11, 109-503 (우-24454)
편집·인쇄 | 서울시 중구 퇴계로50길 43-7 (우-04618)
전자주소 | sogeumbook@hanmail.net
구입문의 | ☎ (070)7535-5084, 010-9263-5084

ISBN 979-11-91210-14-9 03810

값 12,000원

소금북 시인선 · 13

바람과 내통하여

일효 김영순 시집

소금북
sogeumbook

▌김영순 약력

- 1961년 경북 영천 출생
- 1986년 부산교육대학교 졸업
- 1987년 경남 의령 평촌초에서 교단 서다
- 2003년 울산 교원예능경진대회 시조 1등급
- 2023년 현재 울산 울주군 방기초 교감 재직

- 이메일 : sera1961@hanmail.net

시답잖은 글도 써야 의미가 있고
시답잖은 사람들도 만나야
정이라는 것이 생기는 것이다
형체 없는 공기도
순간순간
바람과 내통하여 지상에서
하늘과 바다로 범람하는 것이 아닌가

흔들어야 바람이 온 것을 알고
흔들려야 바람의 존재를 사색하는
나뭇잎처럼
우리는 서로의 존재를 가끔은
확인해 주어야 한다
나는 너에게
너는 나에게
서로에게 얼마나 소중한지 말이다

| 차례 |

| 시인의 말 |

제1부 어제는 죽었다

제2부 선을 넘었다

어제는 죽었다

너에게 기대어

세상에
아름답지 않은 사람이 어디 있으랴
행복하고 싶지 않은 사람이 어디 있으랴
햇살이 눈 부신 날에
햇살의 힘을 빌려서라도 마음을 녹이고
은빛 찬란한 바다를 보며 마음을 다독여 보자
때로 삶이 고단할지라도
나는 너에게 기대어 행복하다
너도 나의 어깨어 기대어 웃어 보아라
너의 해맑은 미소로 가슴에 꽃이 피고
너의 따뜻한 목소리에 마음을 녹인다

살아간다는 것은
살아낸다는 것이지
그조차 힘들 때는 버티어낸다는 것
설사 그럴지라도
외로움을 혼자 안으려고도

괴로움을 혼자 지려고도 하지 말자
길가에 피어난 들국화에 기대어 웃고
햇살에 기대어 따사로운 기운을 물들이고
은빛 찬란한 바다를 보며 마음 길을 다독여 보자

우리가 함께라면
아름답지 않은 사람이 어디 있으랴
행복하지 않은 사람이 어디 있으랴

그때는 몰랐던

계절은 무르익고 세상은 벅차다
동백이 붉게 물들더니
매화가 향기 머금은 채 소리 없이 웃고
진달래가 오고 목련이 오고
질세라 벚꽃이 세상을 환하게 밝힌다

해마다 봄은 왔으리라
봄을 보는 우리들 눈이 다를 뿐,
그때는 몰랐던 그의 화려함이
마음 가득 채우고 눈 가득 봄이다
살아갈 날이 조금씩 줄어든다 느낄 때
더욱 화려해지는 계절의 존재감

잠시 머무는 봄의 그대
눈뜨면 환희로운 모습들
환한 미소가 화답이 되려나
오늘의 벅참도 머무르다 어제로 흐르겠지

회수되지 않은 진심

머릿속에 산만큼 택배가 쌓이다니
회수되지 않은 진심들의 주소를 찾는다

돌아갈 곳을 찾다 때를 놓친 것들이
거처를 헤매이다 여름철 열무가 녹듯
시간의 길을 따라 사라질 때까지
나는 너의 주소를 찾아 헤매인다

수북이 쌓인 오늘의 진심들이
밤새 머리에서
심장으로 단거리를 뛰어도
숨만 헐떡이며 돌아오지 않는 메아리같이
42.195킬로의 마라톤이라 결론하는

진심이라는 것의 주소가 허공임을
아는 순간까지 헤매이다
종점에서야 침묵하고 마는
회수되지 않은 진심들의 주소를 묻는다

상념에 잠겨라

1

숨어보는 바다가 정겨울 때가 있다
마음이 고달플 때
숨어 울면서라도 마음을 달래고
생채기를 다독이며 세월을 낚을 일이다
고달픈 마음은 낚인 세월에 걸어두고
햇빛 좋은 바닷가에서 짭조름하게 말려라
잘 말린 마음은 고이 접어 추억으로
마음의 창고에 보관하고
계절 간 빈자리에서 다시 시작하는 것
살아간다는 것은 아름다운 일이다

2

마음 한구석이 텅 빈 듯할 때는
탁 트인 바다가 보이는 곳에 앉아
눈부신 은빛 바다를 보면서
상념에 잠겨라

상념들 하나씩 꺼내어 바다에 던지고
힘들었던 마음들 모래로 깨끗이 씻어라
그리고
은빛 바다 위에
지친 마음과 육신 하나 매달아 걸고
동해 바다 어느 고래가 육지의 커피가
그리워 지친 육신 덥석 물지는 모를 일이다
낚시한 고래와 마시는 커피 비릿하겠다
바다를 낚은 설렘과 육지를 낚은 바다
저 멀리
수평선에 남루한 배 한 척 고래 찾아 흐른다

세상 가장 소박함으로

자연 속에서 꽃이 없다면
신록도 오월도 가을도 적막이겠지
어느 날 다가온 꽃의 세상
노랑어리연꽃의 앙증맞은 귀여움
수련과 연꽃의 심오한 자태
사피니아의 피고 지는 진홍색 예술
낮달맞이의 은근한 향기가 눈물겹다

유월에는
능소화와 수국의 계절이다
돌담을 한 폭의 작품으로 승화하는
살아있는 주황색의 신비
무리 지어 피는 환상적인 수국의
향연
유월이 가기 전에 나도 꽃이 되리라
너에게 어울리는
세상 가장 연한 소박함으로

어제는 죽었다

지나온 날들을 생각하느라
오늘을 망각하는 나는
바보같이 어제를 살고 있었네

어제를 부비며 그리워한들
때로 아픔과 후회가
반성문을 쓰듯 나를 옥죌 뿐,
바람 지난 텅 빈 하늘만 바라보지

어제를 사는 사람,
과거를 안고 울먹일 이유가,
살아온 날들이 살아갈 날보다
이미 넘치는데
아직도 죽은 어제를 잡고
오늘을 덧칠하다니,
어제의 기억은 지금을 가릴 뿐,
침묵의 어제는 죽었다

바람이 들풀 되어

바람 사이
들풀 사이
갈매기 날개 사이로
짭쪼롬한 바다 향기 켜켜이 쌓인다

한적한 바닷가 카페
손님은 말이 없고
달콤한 음악소리 바람타고 흐르면
들풀 너머 속삭이는 바람도 파도 된다

아이스 아메리카노 한잔
해초 향기 살짝 치면 라떼 될까?
들풀 너머 수평선 위로 갈매기 날고
바람과 들풀 사이로 바다가 넘나든다
들풀 사이로 퍼지는 바다 향기
바람이 웃는 건지 들풀이 웃는 건지
흔들리는 것이 바람인지 들풀인지

아이스 아메리카노는
이미 녹아 물만 남았는데
와야 할 사람은 소식도 없고
들풀 사이로 바람 한 줄기 지나간다

무승부

마흔이 청춘인지 몰랐다
오십이 피크인 줄도 몰랐다
육십이 되어 보니 청춘이 보이더라
그때는 몰랐던 희미한 기억들
아스라한 것들이 선명해지면서
우리의 수고가 모두 허무라는 것이다

과거는 한낱 진부한 책에 불과하고
오늘은
그저 미완성의 숙제를 보는 듯
아쉬움의 산물들이 하루를 덮는다
내일은
뜬구름같이 오지 않은 설레임이랄까
축구 게임 같은 인생 전반전
열심히만 달렸지
아직도 나는 그의 얼굴을 보지 못했다

중요한 건 인생 후반전이 남아 있다는 거다
무승부로 끝난 전반전을 설욕하기 위해
후반전엔 조금 느긋할 생각이다
혹시 모를 연장전을 위해서 말이다

녹차 한 잔 드려요

봄부터 싹이 트고 잎이 나
상큼한 봄바람에 마음 밭을 갈고
오뉴월 땡볕에 속살까지 태워 내더니
칠월의 햇살에 곱게 여물은 초록 잎
한 장

가마솥 은근한 불 위에 앉아
무슨 상념으로 버티어 냈을까
행여 잎 하나라도 다칠까
장인의 손길은 가야금을 타듯
이리 튕기고 저리 튕겨
인내의 시간 속에 다져진
찻잎은 깊은 향기도 단정하여라

진녹색 가녀린 찻잎이
맑고 은근한 새벽 찻물에 퍼지니
새 포럼 하니 고운 모양 그대로

좁은 잎, 넓은 잎, 벌레 먹은 잎까지
처음 모습 그대로 살포시 살아 나
그윽하고 다정한 향기 품어 내더라
청잣빛 찻잔에 그리운 마음 담아
녹차 한 잔 드려요

울주군 남창리에는

울주군 남창리에는
흙으로 된 조그만 오두막이 있다
마당에 앉으면 읍내가 훤히 보이는 곳
몇십 년 묵은 감나무 두 그루가
사계절의 영화를 보여주는 그런

흙냄새가 고소하게 나는 곳
아침이면 햇살이 방 안까지 들어오고
마당에는 매화, 천리향, 수선화까지
봄날 정취 그윽한
오월
때죽나무 그늘 아래 하얀 꽃잎 바라보며
그리운 사람을 남몰래 그리워한들
아무도 눈치 주지 않는 그곳,

툇마루에 앉아
너에게 보내지 못할 편지를 쓰고

하루가 길다고 투정 부리며
아직 오지 않은 인생의 봄날을
작업한다

물의 얼굴

허공을
떠돌다 잠시 하늘을 이고
구름을 자르고서야 대지의 품에
안겨
막힘 없는 넉넉한 물의 눈으로
푸르른 대지의 하늘을 바라본다

고였다 사라지는 얼굴들 사이로
비집고 들어가
소리가 되었다가
파도가 되었다가
흙의 심장을 뛰게 하였다가
다시
여름 한 철 계곡의 얼굴이 되어
서로 어울려 한바탕 춤을 추고는
맥없이 돌아서
소리 없이 도도히 흐르는구나

흐르다가
누군가의 손이 되고 얼굴이 되다가
다시 흙탕물을 안고 바다로 흐르는
너는 천의 얼굴을 가진 상남자구나

아프다, 사랑

아프다
심장이 녹아도 말 못 하는
당신과 나 사이

세상을 다 알아도
알 수 없는 당신과 나 사이
태어날 때 이미 정해진
운명 같은 거
흐르는 물처럼 그렇게
오늘은 시내였다가
내일은 계곡이었다가
때로 폭포이기도 한 삶이란
희망 고문 한 보따리
그 안에 아픔 한 줌 채워 지고가는
물의 여행이라고나 할까

아프다

아파 눈물이 흘러도 말 못 하는
당신과 나,
사랑이어라

무관심의 미학

교실 한구석
사계란에 꽃대가 올라왔다
작년에도 꽃대가 올라왔었지
그런데 불발이었어
사랑이 넘쳐 물어 주었기 때문이란다
넘치는 사랑, 넘치는 관심들의
불편함이야
무관심이 관심의 역설이다

그렇게 꽃은 피지도 못하고
져버린 뒤
잊은 듯이 박혀있던 란 분에서
또 꽃이 피었다
모른 체하려는데
향기가 교실을 가득 채우고
향기가 퇴직을 앞둔 늙은 교사의
공허한 가슴을 가득 채우고

하루가 아깝게
그는 오늘도 제 할 일을 하고 있다.
무관심을 안고서

찰나의 미소

누군가
어디서 저렇듯 그리워하는지
먼 산 노을이 은근히 불타고 있으니
말이다

찬 공기 사이로 전해지는
저 은근한 그리움의 미소가
나의 얼굴인지
너의 얼굴인지

어디서 저렇듯 온몸을 다하여
추파를 던지는지
나도 모르게
노을에다 대고 그리움의 흔적을
검붉게 조각하고 마는,
듣지 말아야 할 아쉬움 한 움큼,
쿵쾅쿵쾅 울리는 것이

나의 소리인지
너의 소리인지

그렇다 하더라도
노을은 순간을 못 이기고 꼴딱 넘어가는
찰나의 미소인 것을

너처럼 말이다

퇴근

하루의 열정을 모두 쏟고
언제나 달리던 길을 달려
한 평 내 자리에 차를 박고는
먼 산
오늘을 내려놓는 석양의 울림,
노을이 쓰러지는 소리를 듣는다

다시 오지 않는 오늘
아쉬움 가득 담은 그는
차마 못 놓는 하늘의 미련일까
컴퓨터에 머리를 박고
가슴에 붉은 피를 나누며
영혼을 풀어버린 오늘 나처럼

어쩌면

제비꽃이 봄바람에 떨고 있네
꽃샘추위에 바들바들 떨고 있구나
사랑 때문에 내가 그에게 떨고 있듯
모두들 휘청휘청 봄바람에 흔들리네

어쩌면
제비꽃은 흔들리는 게 아니라
바람과 썸 타는 중인지도 모른다
벚꽃이 비처럼 쏟아지다
마지막을 비행하며 춤추는 것처럼
말이다

나도
사랑하는 너를 찾아 흔들려 볼란다
봄바람만큼만 흔들리다 돌아올란다

어느 하루

별일도 없는 무심한 저녁
빌빌거리며 하루를 공으로 먹다
저녁 반나절 국수 몇 가락 먹고는
공원 앞 카페에서
열정으로 뭉친 수다를 다발로 푼다

별일도 없는 심심한 저녁
평화라는 것이 때로 심심한 것이지
봄날 꽃이 피듯, 지듯
목련도 심심해서 피었다 지고
계절도 심심해서 왔다가 가고
사람들은 공중으로 사라질 얘기를
하고 또 하고,

별일도 없이 무심한 저녁
먹고사는 것이 해결되고 나면
모두가 그렇게

죽은 어제를 소환하여 분석하고
사라진 너를 영화처럼 각색하며
심심한 서로를 버무리며 살아간다

유월의 꽃들

계절은 꽃들을 피우고
세상은 사람들을 부추겨 꽃들을
살아나게 한다
눈뜨면 그윽한 유월의 비원
능소화가 무리 지어 담장을
넘나들고
연못에는 수련들이 잎을 찢고
송송이 귀한 수련 송이를 피워내며
노랑어리연꽃은
정원의 요정처럼 피고 지고를
반복한다
누가
사람이 꽃보다 아름답다 했는지
오월의 꽃들은 그랬을까
오월을 이기고 피는
유월의 꽃들은 그와 다르리

흔들리는 중

병아리 부화 때문에
황금연휴에 어디 가지도 못하고
닭장에서 그놈들과 눈 맞추느라
시간이 그저 흐른다

스무날을 품고 백 일이 지나면
어미가 된다니 병아리는 좋겠다
사람이라는 게 몇십 년을 살아도
너 때문에 아프고
때죽나무 하얀 꽃잎들 떨구는
지나가는 바람 때문에 힘들고
유월의 물오른 나무처럼 자고 나면 자라는
욕심들 때문에 고달프다

먹이에만 집중하는 단순함
사랑에만 집중하는 맹목성
때로 병아리보다 못한 연약한
나는 지금 세상에 흔들리는 중이다

그리운 사람은

보고 싶어 눈을 뗄 수가 없다
그리워서 눈을 감을 수도 없다

오래된 사랑은
깊숙한 곳에 묻어두어야 하는데
세상 빛을 보아 버렸네
천년을 땅속에 살았는데
그리움이 삭아 술이 된들
이미 가득 찬 그대 술잔 채우려나
잘 익은 그윽한 향기만
천리만리 번져 영혼을 흔드네

술이야 삭을수록 맛이 난다지만
오래된 사랑은
눈이 부셔 볼 수도
그리워 눈을 감을 수도 없으니
천년의 인내심도 물거품이다

그리운 사람은

묵히는 것이 아니라

곁에 두고 오래 보아야 사랑이다

청춘

너이고 싶다
일상을 아픔으로 시작하는 너
아픔 위에 희망으로 시작하는 청춘

밤새 어둠과 싸우다
아침 햇살 눈부시게 맞이하는 너
세상과 싸우다 쓰러지는 너를 쓸어안는
중년의 나는 너의 노을이구나

청춘이여
아름다운 날들의 햇살을 기억하고
찬란한 처음의 날들을 잊지 말아라
청춘은 사라지기에 더욱 아름답고
눈부신 날들 뒤에는 그대의 치열한 노고가
있었음을 기억하리라

꿈이 크기에 더욱 외로운 청춘
수십 번 쓰러졌기에 더욱 단단해졌을 너
자고 나면 새로운 날이 웃고 있는

나는 지금 너이고 싶다

그 마당

마당에 영산홍 초롱꽃
흐드러지게 피던 날
내 어머니 꽃 다듬질하느라
분주하시고
우리 아이들
콩 벌레 잡느라 까불며 놀던 날
함박웃음 지으시며
손주 손녀 손잡고 노시던
그 마당,

이제 와 책상 위 한 장의
사진에 박혀 있네

아들딸 다 자란
텅 빈 마당에는 영산홍
초롱꽃 접시꽃까지 보태어
더 풍성해졌건만

꽃 다듬질하시던

내 어머니는

어디서 누구의 별이 되셨는지……

엄마처럼

그러다 저러다
나도 엄마처럼 노을이 되어 지겠지

한 세상
우리들의 해로 살다
서녘 하늘 노을이 되어 흔들리더니
메마른 한 잎 꽃잎처럼
품에 살풋 안기실 때
서녘 하늘은
바알갛게 눈부시듯 아름다웠다

슬픈 음악이 흐르고
바람도 섭하지 않게 살짝 불었지
무슨 말을 하려고
노을은 저리도 은근히
불타오르며 마지막을 장식하는지
말은 이미 의미 없고

붉은색 하나
그저 눈물처럼 무겁던 날
가벼운 듯 무거운
무거운 듯 가벼운

깊은 강 같은 사연들
메마른 한 장 꽃잎처럼
노을이 되어 흐르다 지고 말겠지

시월의 간월재

햇살에 빛나는 억새를 품고
바람에 기대어 휘파람을 부는
너의 가슴에 모른 척 슬쩍 안긴다

시월의 간월재에
사람들이 능선을 오르고
삼삼오오 모여 낭만과 사랑을 찍는다

너와의 사랑도 수십 년째
때로는 해를 거르고
때로는 한 해에 몇 번씩
너를 찾아와 웃다 하룻밤을 울고 간다

한 번도 본 적 없는 너의 소리가
나는 바람의 소리인 줄 알기에
억새에 기대어 바람 함께 울었다
어느 날은 너를 위하여

어느 날은 나를 위하여

오늘도
세상 시름 몰고 와 억새밭에
생각을 풀어 놓고 뒹굴다 하늘을 본다
가을은 언제나
너와 함께 왔고 너와 함께 간다
너의 품에 안겨 바라보는 하늘이 눈부시다

봄비

젊은 날
봄비는 성가신 계절의 무뢰배였지
비가 오는지
비가 가는지
옷이 젖었지 마음이 젖을 리 만무한
그저 봄비는 들을 적시는 한 점
우산이 필요할 뿐 귀찮은 손님이었다

봄날이 수십 날 오가고
메마른 가슴이 휘날리는 이제,
마음의 언저리부터
봄비가 들어 온다
살금살금 옷이 젖고
마른 마음들 하나, 둘 적시더니
나도 몰랐던 지하 15층 마음까지
촉촉하게 젖어 온다

이 비 지나면
목련이 피고, 벚꽃이 피고
젊은 날 숨겨두었던 사랑도 피려나
소리 없이 젖어 드는 봄비
젊은 날의 첫사랑이 살아나는 소리

봄이 깊어 간다

홍매가 피고
덩달아 자목련도 활짝 피었다
백목련의 아홉 장 꽃잎도
못다 한 미련이 남아 있는지
흔들리며 하루를 더 버티다
자목련과의 만남에 화색이 백옥이다

이쪽엔 지고
저쪽엔 피고
응달진 마당 구석에서는
때늦은 개나리가
살짝 고개를 내밀며 수줍게
웃고 있는 그야말로 봄은 깊었다

겨우내 움츠렸던 한기를 버리고
여기저기 꽃망울 터트리는 소리에
화들짝 놀란 작약도

땅을 밀치고 기지개 켠다
작약이 필 때면
마당 가득 홍매화도
백목련, 자목련 따라 세상 버리고
사월의 라일락과 희희낙락 웃어대겠지

법계사 가는 길

다듬은 듯 정갈한 계곡 길 따라
물소리 바람 소리 들으며
한 계단 한 계단 오르다 보니
어느새 지리산 중턱에 앉았다 한다

어제까지 비 내리고
장마 지난 탓인가
풀 냄새 바위 냄새 흙냄새
물 향기까지 계곡의 향기 그윽하다
지친 발 담그고 잠시
쌉쌀한 커피 한 잔
깊고 시원한 물소리 곁들여 마시니
산속 카타르시스의 절정이구나

산허리까지 들어찬
투명한 계곡물 소리 뒤로하고
산죽길 너머 철쭉 길 밟으며

천왕봉 향해 가쁜 숨을 몰아쉰다

고사리 산목련 굴참나무길 지나
오솔길 돌아 한참을 오르니
법계사 함박꽃나무 지친 산객을 반기는데
고개 들어 산정을 보니,
누가 지리산 만디에 절을 지었는지
애절한 염원 담아
범부의 소박한 소원을 빌어 본다

아직 천왕봉 갈 길 험하다는데,
법계사 목탁 소리는 청아도 하다

노을 속에

그대를 보는
내 눈이 수줍어 거울을 본다
거울을 보니 더욱 부끄러워
눈을 감는다

내 손이 부끄러워 뒤로 감추다
내 손을 보는 너의 눈에 들켜
화들짝 놀라
주머니 속에 들어가 나오질 않네

너를 사랑하는
내 맘이 수줍어 숨을 곳 찾다
하늘을 본다
티 없이 맑은 하늘 어디에도
숨을 곳 없어
서녘 하늘, 불타는 노을 속에
숨어 버렸다

무심한 저녁

겨울 저녁의 노을은
내게 연인처럼 다가온다
앙상한 나무들 사이로 비치는
찬란한 듯 은근한 빛깔이
숨겨둔 감성의 불씨를 살아나게 한다

별일도 없는 무심한 저녁
노을 하나에 맥을 놓고는
시들어 버린 감성을 주홍으로 물들이고 마는
묻어둔 사랑 하나

잊혀져 가던 사랑의 추억들이
지상으로 범람하는 어수선한 시간들 사이로
저녁을 흔들어 대더니
노을이 붉다 못해 검푸르게 멍들어 갈 때까지
희미한 사랑 하나
잠시 저 혼자 불타오르다
멍들어 가는 노을처럼 가라앉는다

꽃들이

아직 아랫목 따뜻할 때
겨울바람이 낯설지 않을 때
소리도 없이 고운 빛깔로 다가와
바람과 어울려 노닥거리며
사내들 얼은 가슴 설레게 하더니

꽃들이 또 그렇게 가려나 보다

봄비가 한 움큼 내리고
꽃비가 되어 바람을 휘저으며
하늘땅 흔들어 세상을 깨우고는
이제
싹이 트고 잎이 되어
사내들 일어나 사랑을 품으려니
슬그머니 꼬리를 감추고
거짓말처럼

꽃들이 또 그렇게 가려나 보다

제 **2** 부

선을 넘었다

선을 넘었다

산 너머 산은 초록의 겹창
목련 이파리 녹색으로 빛날 때
사월의 산들도 신록에 빛을 더한다

수양벗나무꽃 진 자리
여린 이파리 날리더니
복숭아꽃 자리도 새싹이 총총
사월의 마당에는
지금 초록의 물결로 출렁인다

초록 잎들은 단풍을 꿈꾸며
저마다의 색으로 봄을 풀어내고
가지마다 부지런히 계절을 만들어
바람에 꽃향기 날릴 때
오월이 오기도 전 이미 계절의 선을 넘었다

무정한

새하얀 목련이 피고
벚꽃이 흩날리는 시간들
꽃비를 맞으며 누군가를 기다리는
그리움으로 채워가는
봄날이다

꽃이 져버린 자리
마음엔 구멍이 숭숭 나고
그리움이고 사랑이고 없이
멍하니 바람만 지나가는
그 또한 봄날이다
무정한 봄날 말이다

봄날은 백일도 안된다는데
백날을 엮어다 예순을 채운 듯
멍하니 바람만 지나가는 봄날이라니
나를 잡지도 못하면서

흔들고만 가는

열정 없는 무심한 사내 같은

그런

봄바람이 얼굴을 스치고 지나간다

사월의 이방인

꽃비 내리던 날
슬픈 그대 목소리 함께 왔더라
넋을 놓으며
세상천지 개벽할 듯 요란하게
온통 구겨진 서글픈 마음들
아니 펼쳐질 마음일지도 모를
봄이 안개 속이다

사월은 잔인한 달
꽃비 그늘 아래 숨겨진
잔인한 향기 품은 봄비가 낯설다
꽃비도 봄비도
나와 무관한 또 다른 세상
나는
봄 너머 산을 바라보는 이방인
사월은 슬프게 와서
꽃향기 살짝 뿌리고

비릿한 비의 멜로디 흘리며
또 다른 세상 피안으로 흐른다

봄 하늘

붉은 듯 푸른 듯
회빛이 도는 것이 영화 속인가

꽃이 익고 향기가 말을 건네며
봄기운이 안개로 거듭나는 날
삼월의 하늘은
은근한 고상함을 드러내면서
향기를 놀리듯 시시각각 변심한다

회 빛인가 하고 보면 쪽빛이고
푸르다 하고 보면 붉은 여인이다

중년의 여인처럼 젊잖은 듯,
실상은 뜨겁고 은근한 열정으로
서서히 익어가는 아궁이 불멍처럼
말없는 웅변을 토해내며
삼월스럽게 스며드는 저녁에

마침내

봄 하늘은 붉음주의보로 물들었다

먼 산으로 보아야 아름답다

가을 하늘이 눈부시다 하나
무리 지어 피는 먼 산의 단풍만 할까
황금 들판이 아름답다 한들
붉게 물든 들판의 저녁노을만 할까

계곡 따라 붉게 번지는
단풍들의 파스텔톤 서러움에
노을도 감동하고
산들도 붉게 눈시울을 적신다

어디 노을뿐일까
잠시 머물다 떠나는 단풍들은
물 따라 서럽게 흐르다
폭포에서 천 길 물길로 뛰어내리고
굽이진 계곡물 따라 흘러 흘러
산천을 물들이고 반사되어 흐르니
에머랄드 빛 물 위의 단풍을

눈여겨 본 사람들은 알 것이다
물 위를 유랑하는 단풍들이
순간을 머물다 떠나는 연민을 말이다

가을 단풍은
먼 산으로 보아야 아름답다

쉼

쉼 없이 달려온 당신이
아직도 행복하지 않다면
그건 당신 탓이다

긴 고행에서 돌아와
이제는 휴식할 때,
무한대의 시간 속에 지친 육체를 뉘고
짜치던 영혼을 어루며,
이제는 그대 쉼의 정의를 찾을 때,

오지도 않은 불행을 생각 말고
지나간 날들을 분석하지 말며
거울 속에 비친 오늘만 직시할 것,

봄바람에 몸을 맡기고
아랫목의 온기를 느끼며
행복해야 할 이유를 찾을 것,

사유할 것은 지금 그대 자신이다

쉼 없이 달려온 당신이
아직도 행복하지 않다면
그건 당신 탓이다

오늘

때로
술로 나를 달랠 수 있다면
그 속에서 편안한 나를 볼 텐데,
때로
음악에 젖어 현실을 잊을 수 있다면
그 속에서 환상을 볼 수도 있을 텐데

과거의 저편에서 흔들리다
결국은 만나는 오늘이라는 순간
두 눈감고 꼭꼭 씹다가도
눈뜨고 버티어야 하는 오늘
혼돈의 세계에서 너를 만나고
음악과 술과 문학 속에서
조금은 느슨해지는 환상을 본다

침묵의 어제가 지나가듯
때론 만나는 환상 속 희망들
내일을 위한 출발이자 기다림이다

이제서야

이제서야 알았네
세월에 감춰진 네 눈물을

오늘에사 알았네
미소에 가려진 네 슬픔을

할 말은 수 많다만
오늘에 묻혀 또 하루를 묵고
굵은 빗줄기에 섞여
퉁치고 마는 못다 한 말들

그때는 몰랐던
마음속 묵은 말
세월 속 익은 눈물들
한여름 장맛비에 실어 보낸다

생명

살아있는 모든 것
영혼이라는 것이 스며 있는지
어느 날부터

개미 한 마리 밟는 것도 수비 볼 일이 아니더라
소일거리로 계란이라도 훔칠 심산으로
토종닭 몇 마리를 지인을 통해서 분양해 오게 되었다
한 달도 안 되어 알을 낳아 좋아했지만

웃는 일도 잠시,
암 닭들이 돌아가면서 알을 품기 시작하여
마당에 스무 마리의 닭들이 가족인 양 돌아 다닌다
처음엔 신기해서 모이를 주고 같이 살았지만
얘들이 어쩌다 아파서 절뚝거리기라도 하면
멀리 있는 가족 걱정은 걱정도 아니다
눈에 밟히고 마음이 아려서 동물 병원엘 데리고 가야할지,
때로 밤에 살쾡이라도 나타났는지 울어댈 때는

혼비백산 잠을 설치기 일쑤다
생명이라는 것의 소중함이 사람만이 아닌 것이
병아리들이 어미나 모이를 찾아 날아다니는 모습을
볼 때면
신기하고 기특하지만
에고, 우리는 이제 통닭 먹기 글렀다.

순수의 오월은

때죽나무가 눈처럼 휘날리고
노란 감꽃이 마당을 가득 채우며
초록의 파도가 오대양을 이루는
신록의 오월은,

언제 땅이 얼어
생명들을 걷어갔는지
여름이 대지를 불태웠는지
눈 내리던 지난겨울을 아는지
순수의 오월은 저 혼자 깊어만 간다

찔레꽃 무리 지어 그윽한 향기들 난발하며
작약이야, 모란이야
덩굴째 피고 지는 붉은 장미들,
길가의 노란 민들레까지
순수의 오월은 이미 계절의 선을
넘었다

이팝나무에

봄비가
저리도 곱게 내리는데
눈가에 이슬이 맺히는 건 뭘까
아픈 날도 나의 날들인데

산다는 건
때로 슬픈 것
이팝나무에 이슬을 맺으며
사월 한나절
봄비는 보슬보슬 잘도 내린다

삶은 그런 거지
가질수록 아리기도 하고
가질수록 벅차기도 하고
내가 슬프다는 건
내가 많이 가졌다는 거겠지
사랑을 말이다

땅이 풀렸다

매화가 피고
목련이 피고
냉이꽃도 피었네
쑥이 돋아나 향기 진동이다

겨울 숲 메마른 가지에
잎도 없이 진달래가 맑게도 피었네
그렇게
봄이 오는 언덕에 솔가지 흔들리더니
땅이 풀려 세상을 흔들고 있다

아지랑이 피고
마음도 봄 따라 가물가물
봄바람에 진달래나 흔들릴일이지
겨우내 얼어붙어 얼음인 줄 알았던
진달래 핀 오솔길에

그대 오시기도 전에

내 마음이 먼저 풀려 버렸다

꽃들이 질 때

꽃들이 질 때
세상의 향기도 함께 진다

은은한 향기 간직한 백합은
아름다우나 질 때는 슬픔 가득 꼬꾸라지고
목련은 나무 가득 피어
순백의 그윽함을 따라올 꽃이 없다지만
누렇게 변해 갈 때는
보는 이의 마음도 따라 쓰러진다
수선화 히아신스의 향기와 청순함은
아름답지만 질 때는 비 맞은 새처럼 처량하다

금 · 은목서들은
향기를 따라올 꽃이 없다지만
손톱보다 작고 초라하여 서로가 붙어
무리를 이루어 만 리 밖으로 향기를 나르다
순간 피었다 메마른 가을 속으로 슬쩍 사라진다

길가에 초라한 작은 풀꽃들도
소리 없이 왔다 피었는지도 모르게 사그라들고
인형처럼 박혀있던 앙증맞은 꽃들도
들판의 빈 공간들을 수 놓다 흔적 없이 사라진다

세상의 주인공으로 왔다지만
화려하거나 소박하거나 질 때는 초라하게
씨앗 하나 남기고 순간의 흔적으로 사라질 뿐
누가 보아서가 아니라 스스로 아름다울 일이다

대숲 풍경

참새 무리들 대숲을 헤집고 있다
바스락바스락
대나무 가지마다 앉아
위험천만한 곡예를 하며
겨울 양식을 찾는지
여기저기 다니며 새살거린다

통통하게 살이 오른 놈,
삐쩍 말라 거죽만 남은 놈,
먹을거리나 있는지 지지배배
한가하던 대숲이 참새 떼로 요란하다

겨우내 메말랐던 댓잎도
참새떼가 싫지 않은지
살찐 참새 한 마리 안고 출렁거린다
한참을 요란하던 대숲의 신호에 따라 일순간
언덕을 향해 날아가고

남아 있는 네댓 마리 참새들
통째로 대숲을 차지하며 신이나
소프라노를 한다

떠난 참새들 알토나 바리톤이었나
갑자기 대숲이 소프라노로 시끄럽다

바람은 좋겠다

파도 사이로 바람 한 줄 지나간다
짭조롬한 향기 날리며 바다라 한다
소리 없이 지나가도 좋으련만
모양 없는 놈이 소리도 없을라고'
씩' 웃는다
초대하지 않았지만
돌려보내지도 않았기에
바다 향기, 해초 향기에 휘파람 소리 살짝 얹었다

바람이라서
바닷가 파도 따라 흐르는 바람이라서
사랑마저 없을라고
사연 하나 없을라고

무심한 해변의 조가비에 숨어들고
머리 풀어 헤친 여인의 가슴에도 슬쩍 닿을 수 있고
대답 없는 너의 가슴에도 슬쩍 안길 수 있는
바람은 좋겠다

찔레꽃

찔레꽃 흐드러진
봄 들판에 시간들이 비행한다
어릴 적 추억이 비행하고
젊은 날 보랏빛 연정이 번지면서
순수했던 그날들이 살아난다

새하얀 찔레들이
눈처럼 하얗게 핀 내 머리처럼
봄 들판을 가득 채우며
은근한 찔레향 따라
살아 온 날들이 숙성되고
하 좋은 봄날에
지나간 그날들이 참 곱게도 피었다

그 흙집

버틴다고 느낄 때
너 붙들고 많이 울었지
숨어보는 달이 아름답듯이
숨어 우는 그 흙집은 눈물도 운치 있었다
반복되는 아픔의 글들 보며
한참을 소리 내어 울었던 그때
눈물 젖은 원고지를 끌어안고서
소태 같은 내 인생의 씁쓰레함에 눈을 감았다.

청춘의 나는
슬픔을 매달고 바다 위를 저벅저벅 걸었고
그 흙집은
고달픈 육신 하나 숨기기 좋았다
마루 밑에서 숨어 마시는
흙 향기 포근한 커피는 향기로웠다
울다가 웃다가 코를 박고 원고지를 채우며
고달픔으로 얼룩진 글들 마루 밑에 묻었지

진주조개의 아픔은 보석이 된다는데
아픔으로 무늬 된 사람들의 흔적은 어떨까

카페코지인 41

은빛 바다가 빛나게 아름다운 곳
파도와 해변의 모래가 썸을 타는 곳
수평선 너머로 고깃배들 지나고
파란 하늘에 물감을 풀어 놓은 듯
하늘과 바다가 맞닿은 간절곶 언저리
카페코지인 41

커피 한 잔, 때로 페파민트
케모마일도 좋지
칵테일도 있다면 더 분위기 있을까
해초 향기 곁들인 바람이 다니는 길목
아,아와 망고 빙수가 데이트하던 곳

화려했던 카페의 여름은 바람 따라
가 버리고
햇살이 갈매기와 파도 타며 놀다 가는 곳
커피 향기 날리는 간절곶 언덕 위

카페코지인 41

그가 떠난 자리에 햇살이 웃으며 앉아 있다

외롭다는 것

외롭다는 것
아무도 없는 텅 빈 마음
우주처럼 넓어진 텅 빈 공간에
그대들 햇살처럼 왔다

저문 날 붉고 따뜻한 노을이
한낮에 빛나는 은빛 바다가
들판에 무르익은 벼 이삭들이
길가에 이름 없는 작은 꽃들이
살며시 고개 내밀다
순간 가을이 통째로 들어오고
마음자리 한가득
영혼 있는 물상이 되어
그대가 되고 사랑이 되었네

산다는 것이 초라할 때
텅 빈 마음자리에 들어와

빛이 되어 준 그대들
세상에
외롭지 않은 사람이 어디 있을까
외롭다 말 못 하는 사람이 있을 뿐

장맛비

촉촉이
그러다 축축이 굵은 장맛비가
갈라진 마음 사이사이 채우는
유월의 비가 굵직굵직하게 내린다
맺힌 게 많았던 모양이다
천둥 번개 동반하고 밤새 내려도
아침 비가 정겨웁다니
그동안 사는 게 마땅찮았던 모양이다

가슴 깊숙한 심장을 채우고
전두엽의 감성까지 채울 때까지
식도를 타고
위장관 안에서
아픔들의 이해 불가 언어들까지
잘근잘근 분해하여 십이지장을
통과하더니
노랗게 숙성하여

정화조에서 사라지는 순간까지
장대비는 기억들을 분해할 것이다

천둥 번개가
너의 증거인멸을 용서하며
소리 속에 감추고
번개보다 빠르게 일을 치르고는
전기처럼 흔적 없이 사라지는
깜쪽같은 장대비의 변신
비 온 뒤의 상쾌한 여름 아침이다

시 한 줄, 마음 한 줄

시의 향기
글의 향기
은은한 듯 그윽한 님의 향기
며칠 보지 못한 목마름에
샘물을 만난 듯
시의 향기를 마신다

매화 향기 다정한 봄 밤
바람결에 날리는 님의 향기
한 움큼 가슴에 담고서
좋아서
그저 좋아서
입가에 흥근한 미소
그냥 님이 아니래도 좋으리
시 한 줄, 마음 한 줄

한숨

싸늘한 공기가
마당을 가득 채우는 아침
소스라쳐 놀라는
꽃들의 한숨을 듣는다

어제까지
다정하던 하늘은
그단새 온기를 버리고
겨울과 연분이 났는지
한마디 의논도 없이
야반도주를 한 듯 흔적도 없다

계절을 원망하는
꽃들의 한숨 소리에
평화롭던 마당이 술렁이고,
냉정한 겨울 햇살은 말이 없다
말없이 왔다지만
헛기침이라도 하고 갈 일이지

노을

내일도 맑음이려나
노을이 저리도 붉게 타고 있으니
말이다

햇살은
봄 한나절 꽃들의 수다에 녹고
저녁나절 사랑에 속아
저를 버리고 바다에 스며 잠이 들었다
저를 버리고 바다가 되다니
너를 따라 나도 오늘은 바다에 녹는다

내일도 쾌청하려나
노을이 저리도 붉게 타고 있으니
말이다

간절곶 풍경

해무 가득한 간절곶 바다!
그 아늑한 바다 위로 갈매기 떼지어 노닐며
어미 떠난 바다 게들이 해변으로 몰려들어
꼬맹이 신발 속으로 둥지 트는 곳

은목서 금목서 계절을 잊은 채 꽃을 피우며
호랑발톱나무도 가시 떨구고
천진난만한 향기 날리며
시간을 잊은 듯 저마다 원초적 본능으로 살아가는 곳
코로나도 어이없어 웃고 가는 간절곶 해변에는
천진한 아이들의 웃음소리도 파도가 된다

해무 가득한 간절곶 바다!
그 아늑한 바다 위로 그대 목소리 파도처럼 번지며
허공 속에 부서진 아픈 마음들 모아
일출도 되고 노을도 되는
다시 태어나는 바다에로의 유혹
깊이를 알 수 없는 본능으로의 회귀를 꿈꾼다

물

소리도 청아하다
바위 틈새로 잘도 흘러내린다
미끄러지듯 흐르다 높은 곳에서 포말이 되고
다시 낮은 곳을 향하여 줄지어 흐르다
쉬어가듯 더 낮은 곳에 모여 침잠沈潛한다
얼굴이 있다가 없다가 신기루도 아닌 것이
손에 잡힐 듯 말 듯 한 너를 따라 눈을 맞춘다

계곡 길 돌아가다 굽이치면서
애간장을 녹이듯 바위가 물이 되기도 하고
바닥을 긁어 가며 속으로 스며들다
계곡을 굽이쳐 흐를 때는 청춘이더라
산에서 멀어져 세상으로 들어서며
천진했던 물의 세상은 간데없고
맑고 투명했던 소沼도 흔적 없이 사라진다
흙 속으로 수초 사이로 세상 풍파 겪으며
강으로 바다로 기약 없이 흐르다

품어야 하는 것이 어디 붕어 미꾸라지뿐일까
세상의 모든 것이 모여드는 강이라
계곡의 청아함은 꿈에 본 듯 사라지고
침묵과 수행과 끊임없는 흐름을 배울 뿐이다

흐르다 포말 되어 세상 버린 이들을 따라
강을 버리고 하늘이 되어버린 구름도 있고
떠날 이 떠나고 남은 물줄기는 소리 없이 흘러,
세상 끝까지 낮은 곳을 향해 흐르던 물은
어미처럼 먹이고 품는 수고로움을 다하다
드디어 세상 모든 것을 품고도 말이 없는 바다가 된다

카페 코지인과 그녀

음악이 흐르는 곳
바다가 숨은 듯이 아늑한 곳
어떤 음악이라도 좋고
어떤 바다도 아름답고 정다우리
들판 사이로 보이는 메마른 들풀도
깊고 푹신한 소파에 앉아 있는 그녀도
말라가고 익어가는 향기 가득하리

햇살에 빛나는 아름다운 가을
원고지에 펼쳐지는 계절의 소나타
그녀가 없다면 이 가을을 누가 기록하리
커피 한잔의 향기가 카페 가득 채우고
바다가 주는 낭만이 모여드는 곳
바다의 가을이 깊어가듯
해변의 낭만도 무르익어가고
그녀의 기억과 감성들도 가을만큼 익어가리

혼자라도 행복한 가을이다
혼자라도
가을 함께라면 넘치는 계절이다

가을이다

잎새들 사이로 보이는 바다가
필름 되어 영화처럼 다가오는 곳
모래 언덕이 있어 더욱 빛나는
카페코지인
그곳에서 나는 너에게 글을 쓴다

가을이 눈부시게 아름다운 것도
바다가 거기 있기 때문이고
바다가 눈부시게 아름다운 것도
햇살과 바람과 그대가 있기 때문이다

죽어가면서
힘내, 가을이다, 사랑해! 세 마디를 남겼다는
아름다운 노년의 여의사는
삶에 연연하지 않고 완소했다는,

하기사 이렇듯 아름다운 가을을

아흔 넘게 본 것만으로도 행복했겠다

그녀가 마지막으로 부른

가을이다

바다와 잎들과 바람과 햇살에게 감사로

물들이는 가을이다

떠나는 가을에

떠나는 가을에 부친다
화려했던 날들이 달랑 하루 남았네
비도 없이 목말랐던 가을
바람이 없어도 잎들은 말라갔고
단풍은 화려한 색들로
어느 해보다 붉은 얼굴들로
우리를 유혹했었네

한계령에서 한라까지
붉고 은은한 자연의 색으로
채색했던
지난가을은 추억의 시간을
선물하고 슬쩍 꼬리를 내린다
달력이 고작 하나 남아서인가
십일월엔 이유 없이 왠지 쓸쓸해진다

태풍 몇 개 보내고도 풍성했던 구월

가을가을 했던 은근한 시월의 하늘
아름다웠던 사람들이
단풍에 때맞춰 세상 버리던 날에도
하늘은 시리도록 색을 더하며 높아갔다

그리운 이들과
바닷가 카페에서 그윽함 두고
얼굴 마주하고픈 가을의 끝자락
떠나는 잎들이 만든 단풍
그리운 사람들이 만든 향기의 계절
십일월엔 마음 가득 가을을 안고 떠나리라

가을이 멈추었다

늦가을 메마른 낙엽 더미에서
단풍 하나 건졌다
붉은 듯 희미한 단풍 꽁다리
바람개비 되었다
부서질 듯 여린 속살들
휘날리다 손바닥에 살짝 앉았네
서러움인가,
너 하나 건져 손에서 마음으로
그러다
때 묻은 책갈피 속에서
붉은 듯 희미하던 가을이 멈추었다

나무들

시린 하늘에
메마른 가지 하나 걸쳐진 아늑함이야
살 같은 잎들 떨구고 파르르 떨면서도
바람이 건네준 사랑으로
빛나게 모여 있는 가지들의 다정함이야

나뭇가지들,
바람에 흔들리며 겨울을 품고
몸으로 부딪치는 차가운 허공을 가르며
냉정한 하늘 언저리에 손을 뻗는다

햇살이 움트는 날
겨울나무 가지들 윤기 품은 채
눈이 올 듯 얼어붙은 하늘 아래
하늘과 바람과 구름과 나란히
땅 위의 피 같은 동백을 유혹하며
아직은 먼 삼월의 꽃눈과 봄을 거느린다

눈이 오기 전에

댓잎에 하늘이 내려 휘청거리고
솔잎도 눈이 쌓여 바람에 휘날리며
장독대도 소복소복 제법 운치 있다

코로나로, 경기 부진으로
먹고 사는 것이
만만치 않음을 아는지
하늘 꽃이 내려 겨울 낭만에 젖는다

죽음의 공포 앞에서
내려놓게 되는 불필요한 생각들
하나둘,
내려놓을 수만 있다면 살아가는 무게가
새털처럼 가벼울 텐데 말이다

어제를 잊고 오늘에 충실할 수 있다면
어제를 버리고 오늘만을 생각할 수 있다면

우리를 에워싸는 무거운 생각들,
겨울나무들이 계절 먼저 잎을 버리듯
눈이 내려 얼어붙기 전에 상념들
땅에 묻어버리자

사랑할 때

바람 불고
눈발이 휘날리는 날
미움으로 다가왔던 물상들이
꿈속에서 웃고 있다

미워하기엔 너무 멀리 와버린
인생의 저물녘
돌아갈 시간과 공간이 있을 때
미워하고 눈 흘길 수 있는 거지
돌아갈 반환점도 없는 끝 닿은데
사랑하기에도 애틋한 시간 들이다

어제같이 살기엔 아쉬운
노을 같은 시간들 사이를 비집고
차가운 손 살며시 잡아 본다

그립다는 말로 포장하며

애틋한 심장이 펄떡거릴 때
사랑으로 아쉬움이 노을 질 때
아직 사랑할 수 있는 그대,
참 다행이다

우울한 밤

사는 게 결코 만만치 않음을
이 나이 와서 알다니
그동안 사는 게 호사스러웠던 모양이다
세월이란 게 참 얄밉기도 하다가
세월이 있어 철이라는 게 드나 싶기도 하다

시답잖은 글 쓰려고 아껴둔 감성들
하나씩 꺼내 육십 청춘의 글을 흘리며
몸은 늙어가는 데 마음은 열아홉이라니,
철없는 여자가 세월을 낚다
태화강 변에 쓰러져 벚꽃처럼 뒹굴고 있는
우울한 밤이다

아직도 그대가 그리운 봄밤
태화강 변에 연인들이 허리를 감싸고
사랑을 부비는 낭만이라니
세월은 흐르고

오늘 이날이 내일의 청춘일지도 모를 일

상처받은 푸른 마음들

저녁을 지나 밤을 따라 총총 흐른다

고향집

달무리 그윽한 저녁
고향집 울타리에 눈이 쌓였네
여름내 무성했던 수세미, 호박덩굴이
박제되듯 말라 들어 흔적만 남은
대나무 울타리에도
낮 동안 내린 눈으로 단장하고
정지간 볏짚 위에도 하얀 눈이 쌓였네

달무리 사이로 보름달이 뜨면
참나무 끌어다 아궁이에 불을 지피고
그리운 맘의 온기까지 보태어
아랫목은 이미 절절 끓는데
오신다는 님의 소식 더디어도
기나긴 겨울밤의 기다리는 행복이야

어느새
참나무 깔떼기 잔불 위에는

청국장이 보글보글 끓어오르고
고향 집 마당에는
님 기다리는 싸락눈이 소복소복 쌓인다

겨울 저녁

절망하기엔
세상이 너무 아름답지 않은가
서녘 하늘에 붉은 놀이 미소를 띄고
푸른 별이 화려한 축제를 준비하는 동안
깔때기 앙상한 오리나무 가지 사이로
상현달이
희미해져 가는 노을에 그림을 그린다

겨울 칼날에 소스라쳐 놀라는
눈부시게 빛나는 얼음 위의 싸늘함,
눈보라 치는
겨울 저녁의 귀퉁이에서
그 싸늘한 겨울 향기에 전율한다
추상같이 냉정한 세상에 절망하던
너도
싸늘한 겨울 공기에 녹아들어

노을과 뒤섞인 겨울 달빛에 취하는
까무러치는 저녁

제주

남국을 닮은 아름다운 섬
노오란 머위꽃이 보라색 해국과 만나
커피 향처럼 가을을 유혹하는 섬,
습기 머금은 촉촉한 공기가
초록의 잎들을 느긋하게 품으며
빛나는 넓은 잎들의 향연이 펼쳐지는 곳,

가을의 한라산은
졸참나무 때죽나무, 이름 없는
잡목들이 발하는 붉은 듯 노란
은은한 단풍들의 향연 중에 산객을 반긴다
단정히 들어선 키 작은 나무들이
한라산 국립공원의 명예에 어울리게
단풍이 아니래도 가을을 빛내는 힘을 가졌다

시월이면 이미 눈꽃을 만들어내는
부지런한 제주에서 남 먼저 겨울을 만져 본다

석양

그리 가 버리다니
그렇게 쉬이 져버리다니
바다 위에 잠시 화려했던 그는
하루의 영화를 순간에 내려놓고
바다가 잠시 한눈파는 사이
세상을 버렸다
그립다 말도 다 못했는데
마지막 춤사위에 넋을 놓은 사이
흔적도 없이 세상을 버렸고
님 떠난 그림자로 남은
파도 출렁이는 바다 저 건너
검붉은 노을이 그대의 말을 전하는가
사랑도 때가 되면 지는 거라고
쉼 없이 움직이는 우주의 일부라고
말이다
석양의 잔상위로
붉은 말의 등대가 밤의 문을 열고 있다

그물에 걸리지 않는 바람처럼

세파에 걸리고 찢긴
상처받은 마음들 풀기 위해
세상 소리를 뒤로 하고
그물과 피안의 시간들 버무리며
침묵의 연못에서 망각의 꽃을 품는다

그물에 걸려 휘청대던 날들
안개처럼 희미하던 어제의 날들
까맣게 잊고 돌아와
무채색의 빈 하늘을 바라보며
내일에
기대어 웃고 있는 다행인 오늘이다

한 번도
그물에 걸리지 않았던 바람처럼 말이다